25 MAI 1877

25 Mai 1877.

V

Collection de M. le Comte de ***

TABLEAUX

ANCIENS

Des Ecoles Italienne, Espagnole, Flamande
et Hollandaise

TRÈS-BEAUX CABINETS EN ÉCAILLE ET ÉBÈNE

DES XVIe ET XVIIe SIÈCLE

VENTE

HOTEL DROUOT, SALLE N° 8

Les Vendredi 25 et Samedi 26 Mai 1877

A DEUX HEURES

EXPOSITIONS { PARTICULIÈRE : le Mercredi 23 Mai 1877
PUBLIQUE : le Jeudi 24 Mai 1877

DE UNE HEURE A CINQ HEURES

Me ESCRIBE, Commissaire-Priseur

EXPERTS

M. ROUILLARD | M. BLOCHE

PARIS — 1877

Vve RENOU, MAULDE et COCK
IMPRIMEURS DE LA COMPAGNIE DES COMMISSAIRES-PRISEURS
Rue de Rivoli, 144.

CATALOGUE

DE

TABLEAUX

ANCIENS

Des Écoles Italienne, Espagnole, Flamande
et Hollandaise

TRÈS-BEAUX CABINETS EN ÉCAILLE ET ÉBÈNE

DES XVIe ET XVIIe SIÈCLE

Composant la Collection de M. le Comte de ***

DONT LA VENTE AUX ENCHÈRES PUBLIQUES AURA LIEU

HOTEL DROUOT, SALLE N° 8

Les Vendredi 25 et Samedi 26 Mai 1877

A DEUX HEURES

Par le ministère de **Me ESCRIBE**, Commissaire-Priseur,
rue de Hanovre, 6,
Assisté de **M. ROUILLARD**, Expert, rue d'Assas, 68,
Et de **M. BLOCHE**, Expert, boulevard Montmartre, 19,
CHEZ LESQUELS SE DISTRIBUE LE CATALOGUE.

EXPOSITIONS

PARTICULIÈRE	PUBLIQUE
Le Mercredi 23 Mai 1877	Le Jeudi 24 Mai 1877

DE UNE HEURE A CINQ HEURES

PARIS — 1877

CONDITIONS DE LA VENTE

Elle sera faite au comptant.

Les Acquéreurs paieront CINQ POUR CENT, en sus du prix d'adjudication.

C'est sous l'inspiration d'un profond sentiment de l'art qu'a été formée la Collection que nous offrons aujourd'hui à la curiosité des Amateurs.

Sans s'arrêter aux caprices de la mode et au goût dominant plus ou moins justifié de l'époque, M. le comte de T..... ne paraît avoir eu qu'un seul but, qu'une préoccupation, de réunir des œuvres d'un mérite réel, incontestable.

Sans prédilection marquée pour telle ou telle École, M. le comte de T....., n'a rien épargné pour acquérir des œuvres qui, par leur beauté, leur force, leur conservation, pouvaient satisfaire en même temps son goût éclairé pour les maîtres de l'art, ainsi qu'un désir de luxe bien entendu : c'est ce dont il sera facile de se convaincre en examinant les principaux morceaux qui composent sa galerie.

Le cadre restreint dans lequel nous sommes obligés de nous renfermer, nous met dans la nécessité de ne signaler à l'attention du Public que les œuvres les plus importantes renfermées dans cette intéressante Collection.

Signalons d'abord, dans l'École espagnole : de MURILLO, une *Adoration du Saint-Sacrement par les anges et les âmes du Purgatoire*, de sa seconde manière, où l'on trouve réunies les belles qualités qui distinguent ce maître éminent; — de VALDÈS LEAL, si peu connu en France et estimé si haut dans sa patrie, qu'il est considéré comme l'émule de Murillo, trois toiles remarquables : une *Assomption de la Vierge*, dans la manière grise et vaporeuse; une *Salutation angélique* d'une puissante exécution, et une *Communion de la Vierge*, où, contrairement à ses habitudes de fougue et d'audace, l'on trouve une exécution sage, réfléchie, d'un beau caractère, empreinte d'un profond sentiment religieux; — de VELASQUEZ, un beau tableau : *le Miracle de saint Isidore, laboureur, patron de Madrid.* La tonalité rappelle celle de *la Reddition de Bréda*, plus vulgairement connue sous le nom des *Lances;*

— de Mateo CEREZO, une *Apparition de l'Enfant Jésus à saint Antoine de Padoue*, que n'aurait pas dédaigné de signer Murillo; — du MÊME maître, *la Madeleine en adoration;* belle étude d'un coloris suave et doux; — de RIZI (don Francisco), *la Salutation angélique*, d'une couleur grise et vaporeuse remplie de charme. Puis environ vingt Portraits de personnages espagnols, peints sur cuivre, petits par la dimension, mais grands par le pinceau qui les a produits, car ils portent les noms de *Velasquez*, *Murillo*, *Careno de Miranda, Coello (Claude), Coello (Sanchez), Rizi (don Francisco), Goya, Van der Faes*; — enfin, de GOYA, de ce peintre habile, au pinceau capricieux, plein de séve, d'audace et d'originalité, qui sut si bien s'approprier les qualités des grands maîtres qui l'avaient précédé, tout en conservant une individualité si tranchée; de Goya, et c'est une bonne fortune pour les Amateurs, notre Collection renferme douze œuvres parmi lesquelles figurent plusieurs toiles dignes des plus grands éloges;

de ce nombre, le portrait de son ami Zapater de Saragosse ; puis, un splendide paysage représentant une *Foire sur les rives du Manzanarez, en bas de Madrid. vers le pont de Ségovie, où Goya avait sa maison des champs (la Quinta) :* œuvre d'un effet saisissant, d'une puissante lumière et d'un pinceau magique; plusieurs beaux portraits et des natures mortes d'une grande vérité.

Puis, passant à l'École italienne, de PAUL CAGLIARI (dit VÉRONÈSE), *la Chaste Suzanne conduite devant le tribunal*, page remplie de mouvement, d'une belle ordonnance, d'une puissante couleur ; — de PEDRO TORRIGIANO, un superbe buste représentant *Saint Dominique pénitent :* étude pour la statue du même saint, au musée de Séville.

Dans les Écoles flamande et hollandaise : d'ADRIEN BRAUWER, *la Fête des Rois :* œuvre capitale de ce maître si spirituel ; — d'ALBERT CUYP, *Portraits de deux Enfants nobles.* Nous trouvons réunies, dans ces deux portraits, toutes les qualités qui distinguent ce grand peintre, si recherché aujourd'hui et si justement apprécié ; — de MARTIN VAN VEEN, dit HEEMSKERK, un grand diptyque représentant les figures suivantes : *Ève dans le Paradis, offrant la pomme à Adam, la Vierge, sainte Élisabeth, et Gédéon en prière, remerciant Dieu de sa victoire :* œuvre magistrale, d'un grand caractère, d'un beau dessin et d'expressions profondément exprimées; — de LUCAS DE LEYDE, *les Parents de saint Jacques :* beau tableau avec des caractères de tête d'une grande vérité et d'une exécution précieuse; — de JEAN DE MABUSE, deux compositions d'un admirable pinceau : *la Vierge allaitant l'Enfant Jésus*, et une *Vierge tenant l'Enfant Jésus dans ses bras ;* — de QUINTIN METZIS, trois tableaux : *la Vierge en prière, joignant les mains :* figure en buste, au charmant visage plein de candeur. Le second représente *Jean et Jésus enfants s'embrassant :* tableau à la couleur brillante, aux détails précieux et d'une parfaite conservation. Le troisième, un *Christ au roseau*, d'une couleur austère et empreint d'un grand sentiment religieux ; — de VAN ORLEY (BERNARD), trois ravissants tableaux de ce Flamand qui sut si bien s'approprier les qualités du Sanzio ; — de WEYDEN (ROGER VAN DER), une œuvre d'une grande beauté : *Jésus mis au sépulcre*, et, de WEYDEN (ROGER VAN DER), le jeune fils de Goswin (É. flam., XVIe siècle), le *Christ mort*, petit poëme religieux ; — de PATENIER (JOACHIM), *Saint Gérôme en méditation*, que n'aurait pas désavoué Albert Durer.

Dans l'École hollandaise, un PHILIPPE WOUVERMANN, une *Halte à la fontaine* ; — de GASPARD NETSCHER, un joli petit *Portrait de Mme de Montespan*, d'un grand intérêt historique ; — de GÉRARD VAN HERP, six beaux paysages sur cuivre, de conservation parfaite ; — de JEAN LOOTEN, quatre paysages de ce maître rare, peu connu en France.

Puis, dans l'École allemande, de CRANACH

(Luc Sunder, dit le Vieux), un beau *Portrait de Jean Frédéric, électeur de Saxe.*

C'est le 25 mai qu'aura lieu la vente de cette intéressante Collection.

Nous avons le ferme espoir que ces œuvres de mérite, en quittant leur noble demeure, trouveront une place digne d'elles dans des galeries ou collections d'amateurs d'un goût relevé et sérieux, qui, par l'étendue de leurs connaissances, sauront les apprécier dignement.

C. ROUILLARD.

Nous nous sommes abstenus, pour ne pas nous répéter, de signaler, à la suite des descriptions des Meubles, leur état remarquable de conservation.

Ils datent cependant de la bonne époque.

Les Cabinets hispano-mauresques accompagnés de tréteaux ou de meubles d'appui analogues, ce qui est rare, sont très-complets en dépit de l'infinité de détails que comporte leur architecture, et les peintures comme les ors brillent encore de tout leur éclat.

Le Cabinet en marqueterie, enrichi de pierres dures, est un des plus gracieux spécimens de ceux que Florence livra au XVIIe siècle. Les incrustations de cuivre et d'écaille, sans être aussi délicates que celles de *Boule*, représentent des dessins du goût le plus pur.

La suite des beaux Cabinets espagnols et portugais surprendra bien des Amateurs. On en trouve rarement d'aussi importants et d'aussi séduisants.

Du reste, là est le caractère des Meubles de M. le comte de T... Ils plairont, nous n'en doutons pas, autant par leurs formes, leurs riches compositions, leur aspect coquet, que par leur mérite artistique.

A. BLOCHE.

DÉSIGNATION

DES

TABLEAUX

BRAUWER (Adrien)

ÉCOLE FLAMANDE

(Audenarde, 1608-1638)

1 — La Fête des rois dans un cabaret.

D'une puissance d'effet digne de Rembrandt.

Bois. — H. 45 c. L. 73 c.

CALIARI (Paul), dit Paul VÉRONÈSE

ÉCOLE ITALIENNE

(Vérone et Venise, 1530-1588)

2 — La chaste Suzanne conduite devant le tribunal.

Composition pleine de mouvement, d'une brillante couleur et d'une belle ordonnance.

Toile. — H. 1 m. 20 c. L. 80 c.

CARENO DE MIRANDA (Don Juan)

ÉCOLE ESPAGNOLE

(Avilès — Madrid, 1614-1685)

3 — Portrait de jeune seigneur.

Petit cuivre.

DU MÊME

4 — Portrait d'homme.

Attribué par erreur à Careno de Miranda; il est d'Esteban Murillo.

Cuivre.

CARENO DE MIRANDA

ÉCOLE ESPAGNOLE

(Avilès — Madrid, 1614-1685)

5 — Portrait de femme avec des roses dans les cheveux.

Cuivre.

CEREZO (Mateo)

ÉCOLE ESPAGNOLE

(Burgos — Madrid, 1635-1685)

6 — Apparition de l'Enfant Jésus à saint Antoine de Padoue.

Œuvre accomplie, digne de Murillo.

Bois. — H. 48 c. L. 43 c.

CEREZO (Mateo)

ÉCOLE ESPAGNOLE

(Burgos — Madrid, 1635-1685)

7 — La Madeleine en adoration.

Tète d'étude rappelant la Madeleine du même maître, au musée de La Haye.

Toile. — H. 43 c. L. 48 c.

COELLO (Claudio)

ÉCOLE ESPAGNOLE

(Madrid, 1621-1693)

8 — Portrait d'homme inquisiteur.

Petit cuivre.

CORRÈGE (D'après Allégri-Antoine, dit)

ÉCOLE ITALIENNE

(Corregio — Modenois, 1494-1534)

9 — Adoration des bergers.

Cuivre. — H. 40 c. L. 30 c.

CRANACH (Luc-Sunder, dit), le vieux

ÉCOLE ALLEMANDE

(Cranach, près de Kulmbach, 1473-1553)

10 — Portrait de Jean Frédéric, électeur de Saxe.

Intéressant portrait bien conservé, d'une époque curieuse de l'art, d'une grande vérité de caractère.

Bois. — H. 75 c. L. 49 c.

**

CUYP (Albert), le fils

ÉCOLE HOLLANDAISE

(Dordrecht, 1605-1691)

11 — **Portraits de deux enfants nobles.**

Superbe toile de ce maître rare, au coloris puissant et lumineux.

H. 1 m. L. 1 m. 20 c.

DOLCI (Carlo)

ÉCOLE ITALIENNE

(Florence, 1616-1686)

12 — **Repos de la sainte Famille.**

ESTEBAN MURILLO (Bartholomé)

ÉCOLE ESPAGNOLE

(Séville, 1618-1682)

13 — **Portrait d'homme avec large collerette.**

ESTEBAN MURILLO (Bartholomé)

ÉCOLE ESPAGNOLE

(Séville, 1618-1682)

14 — **Adoration du Saint-Sacrement par les anges et les âmes du purgatoire.**

De la seconde manière du maître, celle qu'il affectionnait le plus; tout ce que la plus ardente piété et l'exaltation la plus passionnée peuvent sentir et exprimer est rendu dans cette belle toile, d'une couleur si puissante.

Toile. — H. 1 m. 25 c. L. 1 m. 04 c.

ESTEBAN MURILLO (Bartholomé)

15 — Portrait d'homme.

D'une très-belle exécution et d'une couleur vigoureuse.

Petit cuivre.

FRANCK (François), le jeune, fils de FRANÇOIS le vieux

ÉCOLE FLAMANDE

Anvers, 1581-1642

16 — Jésus conduit au supplice.

Cuivre. — H. 46 c. L. 65 c.

GOES (Van der Hugo)

ÉCOLE FLAMANDE

Vivait à Bruges, en 1480

17 — La Vierge allaitant Jésus.

D'un beau sentiment religieux.

GOYA Y LUCIENTES (Francisco)

ÉCOLE ESPAGNOLE

(Fuente de Todos (Aragon) — Bordeaux, 1746-1828.

18 — Portrait de son ami Zapater, de Saragosse.

D'une couleur vraie, d'un effet vigoureux et d'une touche énergique.

Toile.

DU MEME

19 — La Dame au petit chien havanais.

D'un naturel pris sur le vif.

Toile. — H. 78 c. L. 6 c.

DU MÊME

20 — Portrait du célèbre torero Pepe-Hilo.

Miniature.

DU MÊME

21 — Jeune Femme embrassant un vieillard.

Charmante miniature peinte sur ivoire.

DU MÊME

22 — La Dame guitariste.

Ce portrait, d'une singulière finesse de ton, d'un grand naturel dans la pose, est d'un coloris saisissant.

Toile. — H. 90 c. L. 58 c.

DU MÊME

23 — Portrait d'homme en habit gris.

Cette tête, d'une grande finesse de modelé et d'un nature surprenant, est une très-belle œuvre du maître.

Toile. — H. 9[illegible] c. L. 67 c.

DU MÊME

24 — Lièvres morts.

DU MEME

25 — Canard aux ailes étendues

DU MEME

26 — Groupe de bécasses.

DU MÊME

27 — Diverses Pièces de mouton, posées sur un étal.

DU MÊME

28 — Une Foire sur les rives du Manzanarez, en bas de Madrid, vers le pont de Ségovie, où Goya avait sa maison des champs (la Quinta).

Magnifique paysage plein de verve, d'une couleur énergique, digne de Rembrandt, pour la puissance et l'effet.

Toile. — H. 1 m. 07 c. L. 87 c.

DU MÊME

29 — Le Mariage extravagant.

Sujet composé pour les tapisseries du Palais-Royal, du Pardo, où l'on retrouve l'humour d'Hogarth, un esprit et une malice singulière, jointe à une exécution toujours vraie.

HEEMSKERK (Martin VAN VEEN, dit)

ÉCOLE HOLLANDAISE

(Né à Heemskerk, 1498-1674)

30 — Grand Diptyque renfermant les figures suivantes : Ève, dans le paradis, offrant la pomme à Adam ; La Vierge, sainte Elisabeth, Gédéon en prière, remerciant Dieu de sa victoire.

D'un dessin savant, d'un grand caractère où les mouvements de l'âme sont exprimés avec profondeur. Œuvre d'un grand mérite.

Bois. — H. 56 c. L. 73 c.

DU MÊME

31 — Jésus présenté au peuple.

D'un bel éclat de couleur, d'une grande variété dans les attitudes remplies de naturel.

Cuivre. — H. 56 c. L. 73 c.

HERP (GÉRARD VAN)

ÉCOLE FLAMANDE

(Anvers, 1604)

32 — Paysage représentant un jardin de château disposé en terrasse; des cavaliers s'y promènent et l'animent.

Cuivre. — H. 78 c. L. 1 m. 06 c.

DU MÊME

33 — Paysage : le Cochon tué dans une rue de village (Scène d'hiver).

Cuivre. — H. 78 c. L. 1 m. 06 c.

DU MÊME

34 — Paysage : la Tonte des moutons, au bord d'une pièce d'eau (Scène d'été).

Cuivre. — H. 78 c. L. 1 m. 06 c.

DU MÊME

35 — Paysage : des Cavaliers forcent un cerf (Scène d'automne).

Cuivre. — H. 78 c. L. 1 m. 06 c.

DU MEME

36 — Paysage : la Fenaison dans une riche campagne flamande.

Cuivre. — H. 78 c. L. 1 m. 60 c.

DU MÊME

37 — Paysage : Scène de carnaval dans une ville des Flandres.

L'ordonnance de tous ces paysages enrichis de figures spirituelles est savamment entendue et d'une brillante exécution ; la couleur en est blonde et fraîche. Ces compositions pleines d'animation font honneur à ce gracieux peintre qui s'est surpassé dans cette suite de six tableaux.

Cuivre. — H. 78 c. L. 1 m. 06 c.

JOANES (Vicente)

ÉCOLE ESPAGNOLE

(Fuente-la-Higuera, 1523-1579)

38 — Le Christ à la colonne, frappé de verges par deux bourreaux.

Petit tableau d'un vigoureux effet et d'une grande force de coloris de ce maître rare.

Bois — H. 30 c. L. 23 c.

LEYDE (Lucas de)

ÉCOLE HOLLANDAISE

(Leyde, 1494-1533)

39 — Les Parents de saint Jacques.

Figures expressives d'un grand naturel et d'une admirable exécution ; les détails sont d'un fini précieux.

Belle œuvre de ce maître rare.

LOOTEN (Jean)

ÉCOLE HOLLANDAISE

(Mort à Londres, en 1680)

40 — Paysage : un Chasseur rapportant un lièvre.

Cuivre. — H. 38 c. L. 48 c.

DU MÊME

41 — Paysage : Cavalier passant un pont.

Cuivre. — H. 38 c. L. 48 c.

DU MÊME

42 — Paysage : Berger dans la campagne jouant du hautbois.

Cuivre. — H. 38 c. L. 48 c.

DU MÊME

43 — Paysage : Peintre dessinant un paysage.

Ces quatre paysages, remplis d'effet et d'une exécution vigoureuse et ferme, rappellent la manière de Ruysdaël.

Cuivre. — H. 38 c. L. 48 c.

LUCAS (Eugenio), élève de GOYA

ÉCOLE ESPAGNOLE

44 — Scène de buveurs flamands.

Bois. — H. 40 c. L. 35 c.

DU MÊME

45 — Un joyeux Buveur espagnol.

Petites scènes conçues dans la manière flamande, d'un joli effet et d'un pinceau ferme et hardi.

Bois. — H. 40 c. L. 35 c.

MABUSE (Jean-Gossaert, dit)

ÉCOLE FLAMANDE

(Maubeuge, 1470-1532)

46 — Vierge allaitant l'Enfant Jésus.

D'une grande finesse et d'un coloris agréable.

Bois. — Cadre ovale.

DU MÊME

47 — Vierge tenant l'Enfant Jésus dans ses bras.

Ravissant petit morceau rempli d'expression, d'un fini précieux, d'une brillante couleur et parfait de conservation.

Bois. — H. 18 c. L. 10 c.

METZIS (Quintin)

ÉCOLE FLAMANDE

(Louvain, 1444-1531)

48 — La Vierge en prière, joignant les mains.

Figure en buste d'un fini précieux, d'une couleur douce et pâle, au charmant visage plein de candeur; les mains sont d'une grande délicatesse de fini et d'un dessin très-pur.

Bois. — H. 40 c. L. 30 c.

DU MÊME

49 — Jean et Jésus enfants s'embrassant.

Charmant tableau à la couleur brillante, aux précieux détails et d'une admirable conservation de ce maître rare.

Bois. — H. 30 c. L. 40 c.

DU MÊME

50 — Le Christ au roseau (Ecce homo).

D'une couleur austère, d'un style sévère et empreint d'un profond sentiment religieux.

Bois. — H. 30 c. L. 24 c.

MONPER (Josse de), le jeune

ÉCOLE FLAMANDE

(Anvers, 1559-1634)

51 — Château avec pont-levis, au bord d'une pièce d'eau, animé de nombreuses figures peintes par Breughel.

Jolie composition ruisselante de lumière et de couleur.

Bois. — H. 49 c. L. 84 c.

DU MÊME

52 — Paysage avec ruines, enrichi de nombreuses figures de cavaliers.

Les figures sont de la main de Breughel.

Bois. — H. 49 c. L. 84 c.

NETSCHER (Gaspard)

ÉCOLE HOLLANDAISE

(Heidelberg, 1639-1684)

53 — Portrait de grande dame.

Ce joli portrait, attribué par erreur à Netscher, est du chevalier Lely (Vander Faes), né à Soest en 1618, mort à Londres.

Cuivre. — Petit ovale.

NETSCHER (Gaspard)

ÉCOLE HOLLANDAISE

(Heidelberg, 1639-1684)

54 — Portrait de Mme de Montespan.

Charmant petit portrait d'un pinceau suave et doux, de la bonne époque de ce maître distingué et d'un grand intérêt historique.

Bois. — H. 30 c. L. 23 c.

ORLEY (Bernard Van), dit BERNARD de Bruxelles

ÉCOLE FLAMANDE

(Bruxelles, 1471-1541)

55 — Vierge au livre, instruisant l'Enfant Jésus.

Beauté suave et pure au coloris délicat, aspect charmant de noblesse et d'élévation puisé à la source de l'École romaine.

Bois. — H. 39 c. L. 29 c.

DU MÊME

56 — Vierge caressant l'Enfant Jésus.

Ne le cédant en rien comme mérite au précédent.

Bois. — H. 39 c. L. 29 c.

DU MÊME

57 — Vierge à l'orange, avec l'Enfant Jésus sur ses genoux.

D'une belle couleur, d'un dessin noble, rempli d'expression et d'une remarquable finesse dans la touche.

Bois. — H. 30 c. L. 20 c.

DU MÊME

58 — Vierge debout allaitant Jésus.

Cette vierge, attribuée à van Orley (Bernard), de Bruxelles, est plutôt de Hugo Vanden Goes, de Bruges, qui vivait en 1480. Peinture d'un grand sentiment, remplie de caractère.

PACHECO (Francisco)

ÉCOLE ESPAGNOLE

(Séville, 1480-1554)

59 — Portrait d'homme, avec grande collerette.

Cadre en cuivre repoussé Louis XIII, d'un travail très délicat.

PALOMINO Y VELASCO (Don Antonio)

ÉCOLE ESPAGNOLE

(Bajalance, 1653-1726)

60 — Saint Bruno allaité par la Vierge.

Bois. — H. 22 c. L. 16 c.

PATENIER (Joachim)

ÉCOLE FLAMANDE

(xvie siècle, Dinan)

60 *bis* — Saint Jérôme en méditation.

Digne d'Albert Durer pour la force du dessin, le caractère et les merveilleux détails, d'un paysage de l'exécution la plus précieuse et d'une couleur brillante et lumineuse.

Sur bois.

POEL (Egbert Van der)

ÉCOLE HOLLANDAISE

(Né à Rotterdam, mort à Delft en 1690)

61 — Le Rémouleur (Intérieur italien).

Bois. — H. 29 c. L. 36 c.

POELEMBURG (Corneille Van)

ÉCOLE HOLLANDAISE

(Utrecht, 1580-1667)

62 — Marie-Madeleine au désert; deux anges lui apparaissent.

Agréable composition d'une couleur chaude et vaporeuse quoique d'un vigoureux effet.

Bois. — H. 34 c. L. 36 c.

RANC (JEAN)

ÉCOLE FRANÇAISE

(Montpellier, 1674-1735)

63 — Portrait du prince Louis, infant d'Espagne, fils de Philippe V.

Toile. — H. 80 c. L. 59 c.

RIZI (Don FRANCISCO)

ÉCOLE ESPAGNOLE

(Madrid, 1608-1685)

64 — Jeune Cavalier espagnol.

Petit cuivre.

DU MEME

65 — Portrait d'homme en buste.

Petit cuivre.

DU MÊME

66 — La Salutation angélique.

Petite toile remplie de charme d'une teinte argentée, aérienne, vaporeuse et d'un effet poétique et surnaturel qui convient si bien au sujet.

Toile. — H. 35 c. L. 45 c.

RUBENS (D'après PIERRE-PAUL)

ÉCOLE FLAMANDE

(Cologne et Anvers, 1577-1640)

67 — La Vierge, Jésus et Jean, sur parchemin.

Vignette pour quelque livre religieux, peut-être de Van Dyck.

H. 10 c. L. 8 c.

RUBENS (Attribué à PIERRE-PAUL)

68 — Les familles d'Autriche et d'Espagne, unies sous les auspices du Saint-Sacrement.

Ce joli tableau, d'une couleur blonde et brillante, est exécuté avec sagesse, et manque de la fougue impétueuse que l'on rencontre si souvent dans Rubens.

Cuivre. — H. 48 c. L. 36 c.

DU MÊME

69 — La reine Tomyris faisant plonger la tête de Cyrus dans un vase rempli de sang.

Ce Sujet, répété au Louvre avec variante et diminution de personnages, a été souvent répété par le maître; le coloris en est puissant et l'effet très-vigoureux.

Bois. — H. 51 c. L. 80 c.

SANCHEZ COELLO (Don Alonso)

ÉCOLE ESPAGNOLE

(Né au commencement du XVIe siècle, au bourg de Benifarjo, royaume de Valence, mort en 1590, à Madrid

70 — Portrait de jeune femme avec fraise au cou.

Cuivre ovale.

DU MEME

71 — Portrait de l'infant de La Cerda en pied, grandeur nature.

La tête est fort bien peinte et d'un grand naturel. Il a subi quelques retouches dans les fonds.

Toile. — H. 1 m. 39 c. L. 95 c.

SCHOEN (Martin), surnommé le BEAU MARTIN

ÉCOLE ALLEMANDE

(Kulmbach, 1420-1488)

72 — Jésus présenté au peuple.

D'une puissante couleur, d'un grand caractère et d'une grande noblesse dans les attitudes.

Bois. — H. 51 c. L. 61 c.

SUSTERMAN (Lambert), dit Lambert LOMBARD

ÉCOLE FLAMANDE

(Liége, 1506-1566)

73 — L'Apôtre saint Paul.

Figure d'un beau dessin, savamment modelée, d'un grand naturel et d'une exécution un peu froide, quoique précieuse.

Bois, — H. 76 c. L. 70 c.

TOBAR (Don Alonso-Miquel de)

ÉCOLE ESPAGNOLE

(La Higuera, 1678-1758)

74 — La divine Bergère.

Petite perle digne du pinceau de Murillo.

Petit cuivre. — Cadre ovale.

TORRIGIANO (Pedro)

ÉCOLE ITALIENNE

(Florence et Séville, 1470-1522)

75 — Buste de saint Dominique pénitent.

Étude pour la célèbre statue du même saint, au musée de Séville.

VALDÈS LEAL (Don JUAN de)

ÉCOLE ESPAGNOLE

(Cordoue et Séville, 1630-1691)

76 — Assomption de la Vierge.

Magnifique composition d'une exécution brillante et vigoureuse, où les énergiques figures des apôtres forment un si heureux contraste avec les teintes grises et vaporeuses d'un ciel radieux dans lequel s'élève la mère du Sauveur.

Valdès Léal, dans cette belle toile, s'est montré le digne rival de Murillo.

Toile. — H. 2 m. 15 c. L. 1 m. 45 c.

DU MEME

77 — La Salutation angélique.

Toile d'un grand effet et d'une exécution très-vigoureuse.

Toile. — H. 1 m. 09 c. L. 80 c.

DU MÊME

78 — La Communion de la Vierge.

D'une exécution sage, réfléchie, d'un beau caractère, d'une admirable couleur et d'un profond sentiment religieux.

La gloire d'anges qui plane au-dessus de la Vierge, nous montre le ciel entr'ouvert avec ses splendeurs infinies dans lesquelles nagent les chérubins. Toile admirable.

Toile. — H. 1 m. 09 c. L. 80 c.

VELASQUEZ DE SILVA (Don Diego)

ÉCOLE ESPAGNOLE

(Séville, 1599-1660)

79 — Portrait d'homme avec collerette.

Petit cuivre.

DU MÊME

80 — Portrait de cavalier.

Petit cuivre.

DU MÊME

81 — Portrait de la femme de Philippe IV, roi d'Espagne.

Petit cuivre.

DU MÊME

82 — Portrait de cavalier aux longs cheveux.

DU MÊME

83 — Le Miracle de saint Isidore, laboureur, patron de Madrid.

Dans une attitude suppliante, le saint invoque Dieu en faveur des campagnes des environs de Madrid, desséchées par un soleil brûlant; son vœu est exaucé comme semble l'indiquer un homme couché par terre les mains étendues pour étancher sa soif à la source miraculeuse qui vient de jaillir aux pieds du saint; à la gauche du tableau est le duc de Mendoza, le donataire, agenouillé dans un sentiment de pieuse admiration les bras étendus vers le ciel, tandis que, debout, derrière lui, son écuyer tient son cheval en bride. Tout dans cette belle toile respire la puissance, l'audace, la vérité et la force de génie qui caractérisent ce grand peintre. Il rappelle, par sa tonalité, la reddition de Bréda, plus connue sous le nom des Lances.

Toile. — H. 1 m. 45 c. L. 1 m. 05 c.

WOUWERMAN (Philippe)

ÉCOLE HOLLANDAISE

(Harlem, 1620-1668)

84 — Halte à la fontaine.

Belle composition de ce maître si recherché.

WEYDEN (Roger Van der), le vieux ou PASTURE (Roger de le)

ÉCOLE FLAMANDE

(Tournai, 1399-1464)

85 — Jésus mis au sépulcre.

Magnifique composition digne d'Albert Durer, auquel elle pourrait être attribuée.

Sur bois. — H. 43 c. L. 39 c.

WEYDEN (ROGER Van der), le jeune, fils de GOSWIN

ÉCOLE FLAMANDE

(XVIe siècle)

86 — Le Christ mort, soutenu dans les bras de la Vierge.

Petit poëme religieux, digne des plus grands maîtres, par son exécution.

Bois. — H. 32 c. L. 26 c.

INCONNU

87 — Saint Dominique et la Vierge, sur vélin.

INCONNU

88 — Feuille d'éventail (Bacchanale) antique.

Scène qui peut être attribuée à Laurent de Lahyre.

INCONNU

89 — Vie de Jésus.

Sujet gravé sur ivoire.

INCONNU

90 — Vierge tenant l'Enfant Jésus dans ses bras.

Gravure sur ivoire, d'après Van Dyck.

MEUBLES-CABINETS

1 — Très-beau Cabinet d'aspect monumental en ébène incrusté de filets de cuivre, plaqué d'écaille et orné de bronzes dorés (XVIe siècle).

Le centre, s'ouvrant à battant, présente une niche avec une figurine de *Minerve* en bronze doré, les appliques de serrures sous forme d'écussons ; les poignées de côté composées de têtes de chérubins et d'enroulements ; les montants, les écoinçons, les frises représentant des figures d'amours, des grotesques et des fruits. L'aigle et les figurines qui couronnent le fronton sont également en bronze ouvré et doré.

Il est supporté par des griffes de lion et élevé sur une console en ébène et marqueterie à dix pieds tors.

2 — Très-beau Cabinet d'aspect monumental en ébène incrusté de filets de cuivre, plaqué d'écaille et orné de bronzes dorés (XVIe siècle).

Pendant du précédent.

3 — Très-beau Cabinet d'aspect monumental en marqueterie de cuivre et d'écaille, enrichi de pierres dures et orné de bronzes ciselés et dorés (époque Louis XIV).

Le battant central à deux colonnes détachées, présente une figurine d'*Hercule* en bronze doré dans une niche. Les profils sont décorés de panneaux en ressaut marquetés de cuivre et d'écaille avec chatons en pierres dures. Il est couronné par une galerie à jour ornée de figures mythologiques.

Élevé sur console de même travail supporté par des colonnes, avec chapiteaux en cuivre ouvré et doré.

4 — **Très-beau Cabinet d'aspect monumental en ébène sculpté, richement orné d'appliques en cuivre repercé et doré (xvie siècle).**

Le battant central est orné, de chaque côté, de deux cariatides en bronze doré dissimulant des tiroirs secrets ; au milieu se présente une figure allégorique dans une niche. L'intérieur, dit *réserve*, est garni de nombreux petits tiroirs. Les poignées de côté sont formées de mascarons et de rinceaux en bronze doré.

Elevé sur une console en bois noir sculpté et doré par partie.

5 — **Beau Cabinet hispano-mauresque (xvie siècle).**

L'intérieur est d'aspect monumental en bois sculpté, doré et incrusté d'ivoire. L'extérieur est orné d'appliques en fer découpé et doré sur fond de velours ; le cache-serrure est à clocheton et les poignées sont également dorées.

Elevé sur un meuble de travail analogue à quatre tiroirs.

6 — **Beau Cabinet hispano-mauresque (xvie siècle).**

L'intérieur d'aspect monumental est en bois sculpté et doré, orné d'incrustations d'ivoire gravé, peint et rehaussé d'or. L'extérieur est garni de ferrures et de cache-serrure à clochetons et doré.

Elevé sur un meuble à quatre tiroirs en bois sculpté, peint et doré.

7 — **Très-beau Cabinet d'aspect monumental en ébène plaqué d'écaille (xvie siècle).**

Le battant central, à colonnes détachées, présente au milieu *Vénus et l'Amour* en bronze doré ; les appliques de serrure sont aux armes d'Autriche ; les montants et les frises en cuivre repercé à jour et doré.

Elevé sur une console en bois noir.

8 — **Très-beau Cabinet d'aspect monumental en ébène plaqué d'écaille (XVIe siècle).**

Le battant central présente au milieu une figurine de *Mercure* en bronze doré.

Pendant du précédent.

9 — **Belle Toilette en écaille incrustée de nacre (XVIIe siècle).**

L'encadrement de la glace représente des oiseaux, des fleurs et des grotesques; le fronton est en bois sculpté et doré.

Posée sur une belle console en ébène incrusté de nacre offrant des médaillons à figures et fleurs, bordure en écaille.

10 — **Beau Cabinet hispano-mauresque (XVIe siècle).**

L'intérieur d'aspect monumental est en bois sculpté, partie dorée, avec plaques et colonnettes en ivoire sculpté et gravé. La réserve centrale est garnie de six tiroirs. L'extérieur est orné d'appliques en fer découpé et doré sur fond de velours rouge. Les ferrures et les tirants sont également dorés.

Elevé sur un meuble à quatre tiroirs de même travail.

11 — **Beau Meuble à deux corps cochinchinois (XVIe siècle).**

Le fond est en bois laqué rouge, les médaillons en bois sculpté à jour et doré représentent des scènes chinoises; les encadrements offrent en bas-relief des feuillages et des fleurs.

12 — **Cabinet hispano-mauresque d'aspect monumental (XVIe siècle).**

Il est en bois sculpté et doré, orné d'incrustations d'ivoire peint.

Elevé sur un tréteau à arcades torses et cannelées en bois sculpté.

13 — Petit Cabinet en ébène d'aspect monumental (XVIIe siècle).

La réserve centrale s'ouvre à un battant; les niches sont ornées de figurines en cuivre doré.
Elevé sur une table en ébène.

14 — Petit Cabinet en ébène incrusté d'ivoire (XVIIe siècle).

Il s'ouvre à deux battants. L'intérieur est d'aspect monumental, la réserve garnie de glaces.

15 — Coffre de mariage (XVIe siècle).

De forme à dos d'âne, en cuir gravé, garni de fer.

16 — Très-belle Chaise à porteurs, décorée de sujets allégoriques par *Coypel* et encadrés de rocailles.

Vve Renou, Maulde et Cock, impr^rs de la Compagnie des Commissaires-Priseurs, rue de Rivoli, 144. 75795

www.ingramcontent.com/pod-product-compliance
Ingram Content Group UK Ltd.
Pitfield, Milton Keynes, MK11 3LW, UK
UKHW021954260726
13994UKWH00004B/1743